ENTRETIEN

DE L. JUNIUS BRUTUS,

ET DE C. MUCIUS.

A PARIS,

L'an 2e. de la République.

AVERTISSEMENT.

La France s'est déclarée République ; des peuples ont imité notre exemple ou sont prêts à le faire ; j'ai cru que dans un pareil moment il seroit à la fois utile et intéressant de présenter le caractère du fondateur de la liberté Romaine, mis en action dans un entretien avec le fameux Mucius depuis surnommé Scevola. Cet ouvrage étoit projetté et entrepris avant certaines circonstances qu'on croirait, peut-être, avoir provoqué sa naissance. Je proteste donc, contre toute allusion, toute application personnelle qui seroit autre chose qu'une stricte conséquence des principes. J'ai jugé cet avertissement d'autant plus nécessaire, que quelques traits de cet entretien, écrits avant l'une des dernières séances de la Convention, sembleroit au contraire pris dans les discours de divers Orateurs.

ENTRETIEN

DE L. JUNIUS BRUTUS, ET DE C. MUTIUS.

LA nuit qui précéda la bataille où L. Junius Brutus perdit la vie, j'entrai dans la tente de ce consul, pour lui communiquer ce que j'avois observé sur la position de la cavalerie ennemie commandée par Arons, fils de Tarquin. Déja instruit de ce que je venois lui apprendre, il me remercia de mes soins; mais l'altération de sa voix me frappa : je ne pus m'empêcher d'en faire la remarque : vous paroissez agité, lui dis-je, éprouveriez vous quelque mouvement de crainte?

La crainte ne peut entrer dans l'âme de Mutius, me répondit-il, pourquoi donc m'en soupçonne-t-il?

Il vous est bien permis, répliquai-je, de sentir quelqu'inquiétude à la veille d'une journée qui décidera peut-être du sort de la république, [illegible]

— Il ne me répondit point, et parut plus absorbé dans sa sombre rêverie. Junius, vous m'effrayez, continuai-je : confiez vous à moi, je vous le demande comme ami, si le danger vous concerne, et s'il menace la république je l'exige comme citoyen.

Mutius, me dit-il alors ; à tous les instans de ma vie, les moyens d'assurer la liberté, l'espoir de la conserver occupent les méditations de mon esprit. Jugez si je puis être tranquile ! mais ce n'est point l'ennemi que je crains ; c'est Rome, c'est nos passions, et plus encore nos erreurs. Une grande révolution s'est opérée ; nous avons établi, disons nous, une République. Et moi je cherche vainement un véritable Républicain, un homme dont toutes les idées, et tous les désirs conviennent à cette condition sublime.

MUTIUS.

Vous êtes trop sévère, Junius. Rome est remplie de soldats intrépides, de magistrats fermes et populaires.

BRUTUS.

Plusieurs individus ont des qualités estimables, nul n'en possède l'ensemble, qui seul pourtant constitue un Républicain. Voyez mon collègue Valerius ; il s'est montré bon général, magistrat zélé pour les intérêts du peuple. Eh ! bien, cet homme a donné la mesure de sa vertu, aussi-tôt après la conjuration ; il prétendoit au consulat que Collatin a remporté sur lui. Blessé de cette préférence, il a fui les emplois, n'a plus paru aux assemblées ; enfin, il a prouvé que dans les intérêts de Rome, il ne calculoit que son avantage personnel. Par-là, il a jetté une apparence honteuse de partialité, sur une démarche sage et juste. Nous avons paru rechercher Valerius, ne pouvoir nous passer de lui, quand, après l'expulsion de Collatin, il a été nommé à la place qu'il avoit tant ambitionnée.

MUTIUS.

Je désapprouve Valerius, mais ne trouvez-vous que cet inconvénient dans le traitement qu'a éprouvé Collatin ?

BRUTUS.

Non.

MUTIUS.

Êtes-vous juste alors ? ou bien oubliez-vous quels services il a rendu à la cause de la liberté, et que sans lui, peut-être, Junius n'auroit pas fait la révolution ?

BRUTUS.

Mutius, la justice des âges de révolution ne paroîtra jamais la même que celle des tems ordinaires. Non que les principes éternels puissent changer, mais l'on s'égare, faute de discerner la multitude des circonstances qui en varient l'application. Collatin n'a point fait la révolution : non, Mutius, elle n'est l'ouvrage, ni de lui, ni de moi, ni de vous et de vos braves amis, ni même du peuple Romain. Si une Révolution étoit l'ouvrage d'un homme ou de plusieurs, ils préviendroient de toutes leurs forces, ces irrégularités monstrueuses qui en flétrissent ou en entravent presque toujours la marche, et quelquefois même ensevelissent ses auteurs sous les débris des Colosses qu'ils ont renversés. Les Révolutions ne sont que l'enfantement pénible des tems et des conjonctures qui ont précédé l'époque où on les voit éclore.

MUTIUS.

Mais les hommes qui vivent dans ces tems redoutables, influencent sans doute en bien comme en mal la suite des événemens qu'ils n'ont pu empêcher. Collatin partage ce mérite avec tous nos conjurés, le parent des Rois, l'homme le plus approché si non du trône, au moins des richesses et des honneurs qui en découlent, cet homme a été l'un des plus ardents a renverser la royauté.....

BRUTUS.

Et c'est cette même réunion de circonstance qui a dicté l'arrêt de son exil. Je veux oublier combien il est vraisemblable que sans l'affront que Collatin a reçu, il fut demeuré le soutient des Rois; combien d'années il a vêcu l'ami, le compagnon, l'émule de Sextus, et comme lui le chef de ces jeunes débauchés dont les prodigalités monstreuses et les insolens plaisirs insultoient à notre esclavage; je veux oublier les soupçons trop bien fondés, peut-être, que Collatin a souvent eu le projet de travailler pour lui-même et de succéder sous un titre différent au pouvoir de celui que nous avons chassé. Il suffit d'un mot: Collatin est parent du tyran détrôné. Il porte le nom de Tarquin, ce nom qui aujourd'hui motif d'inquiétude pour les Romains, et d'horreur pour nous, chez les nations voisines, deviendroit bientôt, peut-être, un signe de ralliement pour les uns, un motif de conciliation auprès des autres. Il a du partager le sort de sa famille; une Révolution faite à demi, est un grand crime contre l'humanité.

MUTIUS.

Que dites vous, Junius? et n'est-ce pas au contraire servir l'humanité que de diminuer la somme des maux individuels, au prix desquels ont été achetés la liberté et le bonheur public?

BRUTUS.

L'inutile barbarie rend indigne de la liberté, et met le bonheur en fuite, mais dès qu'une génération est condamnée a voir une Révolution s'accomplir, il faut se hâter de rendre celle-ci complette; puisqu'en la faisant durer, on prolonge les maux qui en sont le résultat nécessaire, souvent même, on laisse subsister un germe de discorde et d'infortune, qui, passant dans le principe vital de l'état, l'agite sans cesse douloureusement jusqu'à ce qu'enfin il la fasse périr dans d'effroyables convulsions; et tel sera, peut-être, le sort de notre République.

MUTIUS.

Vous paroissez avoir réfléchi profondément sur ces desseins où les hommes n'agissent d'ordinaire que mûs par un sentiment énergique et dominateur.

BRUTUS.

Vous trouverez en vous les mêmes idées dès qu'au lieu de vous livrer à l'enthousiasme du sentiment, vous ne consulterez que le calme de la réflexion. Tout homme peut agir ; le sage seul saisit le moment favorable à l'action; Dites-moi, si tout à l'heure Tarquin, victorieux, rentroit dans Rome. . . . ?

MUTIUS.

J'aurois péri dans le combat.

BRUTUS.

Vous auriez fait votre devoir ; la mort vous auroit fui au milieu d'une déroute universelle, irréparable. . . .

MUTIUS.

J'aurois été la chercher dans les plus épais bataillons de l'ennemi, parmi les satellites du tyran ; où enfin mon bras m'eut affranchi de l'horreur de voir triompher la tyrannie.

BRUTUS.

Vous n'êtes point né pour les révolutions. Ce n'est qu'à Valerius, à Spurius, à moi, à ceux qui comme nous seroient indubitablement victimes de la vengance de Tarquin, qu'il appartiendroit de mourir ne pouvant plus servir notre patrie. Vous, moins connu jusqu'à présent que vous ne méritez de l'être, il vous appartiendroit de vivre pour rélever la République.

MUTIUS.

J'amais, j'en ai fait le serment, je ne survivrois à la liberté ! je sais mourir Junius !

BRUTUS.

Et quels hommes croyez-vous que les tyrans redoutent ? est-ce ceux qui savent mourir, et semblent combattre pour eux en se pressant de les délivrer d'un ennemi ? non, Mutius. Ce sont ceux qui savent vivre, qui, sans s'effrayer de la perspective des tourmens les plus affreux, marchent, impénétrables, sur les pas de leur victime, et préparent, dans l'ombre, les coups dont ils doivent la percer : ces hommes que les circonstances seules décelent à l'administration de l'univers, que l'usurpateur redoute à chaque instant et ne connoît qu'au moment où ils vont l'immoler ; qui en un mot décident du moment et du sort d'une Révolution. Lorsque Tarquin innonda Rome de sang pour y affermir son despotisme, il ne tenoit qu'à moi, zélé partisan de tout ce que Servius avoit fait pour nous amener sans trouble à la République, il ne tenoit qu'à moi de partager le sort de mon père et de mon frère. J'étois même assez connu pour prévoir ce qui m'étoit réservé, sur-tout, si je cherchois à venger ces chères victimes. Vous savez ce que j'ai fait, quelle contrainte je me suis imposée, quels mépris j'ai endurés, je ne m'en repens pas. Aujourd'hui si les Romains doivent être asservis de nouveau, j'aurai cessé de vivre, mais puis-je laisser à ma patrie, Mutius prêt à lui rendre ce que j'ai fait pour elle ! Que vous importe alors qu'on vous accuse de démence ou de lâcheté ; vous ne combattez ni pour votre renommée, ni pour votre intérêt ; mais pour la République, vous serez toujours justifié par votre conscience, peut-être aussi par vos actions et même par vos succès.

MUTIUS.

Vous m'avez convaincu, je l'avoue; et ne m'avez point persuadé. L'idée de l'ignominie m'est effroyable : que d'autres ayent votre vertu sublime, et montrent à l'univers à quel point l'amour de la liberté exalte la force morale d'un héros. Moi j'irai au sein de l'armée qui devra asservir Rome, apprendre à ses guerriers combien peut leur couter la vie d'un citoyen Romain.

BRUTUS.

Souvenez-vous que dans toute une armée d'esclaves, il n'est qu'une vie digne d'être achetée par la mort d'un homme libre, celle d'un seul homme, qui dans l'armée entière mérite d'être puni.

MUTIUS.

Je vous entends, Junius.

BRUTUS.

J'aime à voir en vous cette ardeur bouillante heureux fruits de votre jeunesse et de votre courage; Mais il est d'autres vertus dont vous avez besoin pour servir la République, je vous ai désigné les hommes qui amènent une Révolution. Le mode de leurs actions ne peut-être déterminé que par les circonstances ; mais leur but doit être un, et complet. L'idée de la Révolution exclud toute réforme partielle.

MUTIUS.

Il semble au contraire que plus l'on conserve ce qui étoit bon dans l'ancien ordre de choses, plus on a de falicité, pour inspirer au grand nombre, l'amour du régime nouveau.

BRUTUS.

Cette erreur peut coûter cher au peuple qui la commettroit. Croyez-vous qu'on puisse composer un système de gouvernement, d'élemens hetérogenes, réunis par un artifice inconcevable. Non, Mutius : ces abus sont intimement liés, et par leur nature propre, et par l'habitude d'un laps de tems considérable, aux parties qui semblent saînes, dignes d'être conservées ; bientôt vous les verriez renaître avec autant de force que jamais. Il faut régénérer à la fois la Nation et les Loix. L'usurpation de la souveraineté du peuple dans l'exercice des pouvoirs qui en émanent, est toujours ce qui nécéssite une révolution; et le premier pas doit être de renverser l'usurpateur. Mais quand ensuite il s'agit de constituer les autorités, ne laissez subsister aucuns vestiges de l'ancien genre de gouvernement. Si vous réformez une monarchie, subtistuez-y une République dans laquelle le peuple ait d'autant plus d'influence qu'il en avoit moins auparavant. Autrement son respect, d'habitude, pour un Roi, l'empêchera de veiller sur les limites mises à sa puissance; ou bien il faudra sans cesse avilir celui-ci dans l'opinion publique, pour rétablir l'équilibre; c'est-à-dire être en contradiction avec soi-même. Si aucontraire c'est une République où les agens du pouvoir aient abusé de la confiance du peuple, n'hesitez pas à la remplacer par une forme de gouvernement où l'autorité exécutive repose, dans son centre d'action, sur un seul individu.

MUTIUS.

Qu'entends-je! est-ce Junius qui parle d'établir la royauté? ne la regarde-t-il plus comme le plus cruel des fléaux?

BRUTUS.

Cela est bon à répéter dans le Forum, à une multitude qui a besoin d'être frappée par des idées exagérées, pour s'élever jusqu'aux résultats des principes raisonnables. Dans les circonstances, dont je vous parle, je saurais établir un monarque qui ne pût trangresser les loix qui l'éleveroient ; ou je saurais punir lui ou moi de mon erreur. Mais souvenez-vous que c'est une monarchie que nous avons renversée ; et je vous ai tenu ce langage là, pour vous fair sentir que si nous ne savons pas user de nos succés, si la République est mal constituée, vous receverez de la main inflexible du destin, un despote, juste châtiment d'un peuple qui n'a pas su être libre ; ou du moins vous serez obligé d'établir un roi pour qui vous avez tant d'horreur.

MUTIUS.

Les idées que vous developpez sont grandes. Mais où est la possibilité de ce changement subit des hommes et des choses ; et de combien de maux doit-il accabler l'humanité.

BRUTUS.

Pénétrez-vous de ce que j'ai dit, qu'il n'appartient point aux hommes de créer ou d'empêcher les Révolutions, mais seulement de les modifier. Chez les peuples corrompus, les Révolutions seront lentes. Ceux qui tendront au bien, craindront sans cesse d'aller en avant ; par l'effet, soit d'une pusillanimité irrépréhensible sans doute, mais étroitement calculée, et dont le résultat est de laisser sacrifier une multitude de victimes innocentes, faute de savoir frapper tout d'un coup, et sans autres règles que celle du salut public, un certain nombre d'ambitieux et de pervers qui s'élèvent d'abord dans les différens partis. Comme il n'y a d'énergie que pour le crime, dans ces sortes de Révolutions, elles se prolongent au millieu des plus hideuses calamités, et aboutissent mille fois plus aisément au despotisme qu'à la liberté, à moins que le bonheur ne mette à la tête des affaires, des hommes à la fois vertueux, éclairés et énergiques, ce qui est presque incroyable ; ou bien que les lumières répandues assez généralement, éclairent sans cesse les pas des ambitieux, et les arrêtent au moins lorsqu'ils se croyent près de recueillir le fruit de leurs crimes. Voilà le sort qui attend un peuple, quand les conjonctures, dans lesquelles s'opèrent une Révolution, forcent à suivre vos timides maximes.

MUTIUS.

Nous ne sommes point dans cette position ; jamais :

jamais : et cependant déjà une loi de bannissement a ravie à Rome un grand nombre de ses enfans. Déjà le sang a coulé, et les Romains, vengés de ceux qui avoient conjuré contre la liberté, n'ont su qui ils devoient plaindre davantage, d'eux-mêmes qui perdoient des Citoyens si chers, ou de l'homme sublime qui a pu les condamner.

Ces mots émurent profondément le Consul. Epargnez-moi, Mutius, me dit-il d'une voix entrecoupée. J'ai fait ce que j'ai du : ô ma patrie : . . . . je le ferai encore !

Ses mains couvrirent son visage : nous restâmes quelques momens en silence : ce n'étoit pas l'attendrissement de la foiblesse, mais bien plutôt l'extase de la vertu. Je sentis passer en moi l'ame toute entière du libérateur de Rome.

Les Nations encore neuves, reprit-il, ont bien moins à souffrir, si elles ne sont point égarées par de faussses idées qui portent les rafinemens de la pitié narurelle dans les mouvemens révolutionnaires. Tous les esprits sont promptement décidés ; deux partis se forment : l'un combat l'ancien systéme politique, l'autre le soutient. L'un d'eux triomphe, et sur les ruines de l'autre établit l'ordre pour lequel il a combattu, sans laisser le tems de se former à des partis intermédiaires dictés par des intérêts individuels. Ainsi, lors de la publication de l'ammistie générale, nous prononçâmes l'exil et la confiscation des biens contre ceux qui, ayant partagé la fuite de Tarquin, ne sont point rentrés dans le délai prescrit ; et nous avons été justes, puisqu'ils s'étoient déclarés, par le fait même, les ennemis des hommes qui vouloient la République. Cette loi révolutionnaire dont l'application afflige à chaque instant un cœur sensible, a produit des malheurs bien déchirans, je le sais ; mais elle a prévenu des calamités plus grandes encore.

MUTIUS.

Chez des Nations trop policées, le caractère de chaque individu est, pour ceux qui ne souffrent point trop, l'égoïsme et la timidité ; et pour ceux qui sont accablés, une indignation long-tems accumulée et toujours irréfléchie et peu éclairée. Toute innovation subite y rencontrera une forte opposition, tandis que des dégradations sourdes n'en auront trouvées aucune. Il est donc difficile qu'une Révolution y arrive à son point de maturité ; mais l'explosion une fois faite, sera violente ; et dès-lors promptement achevée.

BRUTUS.

Il faudroit pour cela, que, quelque chose pût rallier ceux qui auroient intérêt de s'y opposer. Mais au contraire, au premier mouvement ils se cacheront tous, et céderont, les uns de bonne-foi, les autres avec perfidie, à ceux qu'ils opprimoient naguere.

MUTIUS.

Il seroit possible de placer dans le gouvernement un ressort qui fît distinguer les uns des autres, et qui armât sur-le-champ tout ce qui doit former l'opposition.

BRUTUS.

Un Législateur grec l'a essayé. Quand j'accompagnai à Delphes les fils de Tarquin, je profitai du mépris qui les éloignoient de moi, pour m'instruire, à fond, des loix et des mœurs de ces peuples plus avancés que nous en liberté. Solon, qui donna des loix à Athênes, prononça la peine de mort contre celui qui, dans les dissentions de la République, ne prendroit point parti pour ou contre.

MUTIUS.

Une telle loi me semble dictée par la raison ; et présente un moyen simple et infaillible de connoître le vœu de la majorité du peuple.

BRUTUS.

Cette loi, comme presque toutes les autres du même législateur, est fondée sur une notion saine des principes, et en même-tems sur une bien foible connoissance du caracrère humain, dont les variations altèrent sans cesse l'application théorique des principes. Dans une Nation digne de la liberté, la loi est inutile ; chacun se déclarera naturellement avec courage. Dans une Nation corrompue, si elle est exécutée, elle ne servira que le crime. Comme l'audace seule préside aux dissentions, la lâcheté rangera la troupe innombrable des hommes foibles sous l'étendart de quelques ambitieux presqu'aussi redoutés que détestés.

MUTIUS.

Est-il donc impraticable de sauver ses Concitoyens de léur propre foiblesse, quand, après avoir renversé le despotisme, ils semblent manquer des forces nécessaires pour arriver à la liberté ?

BRUTUS.

J'ai vu dans la Grèce des chirurgiens habiles

guérir, par des incisions profondes et multipliées, un homme affoibli par des blessures dangereuses. Ils n'ignoroient point ce qu'ils risquoient par ce traitement hardi ; mais ils savoient aussi qu'en n'exerçant pas, ou en différant cette cruauté salutaire, ils assuroient le triomphe de la mort. A leur exemple, moins un peuple semble fait pour de grands changemens, plus il faut se hâter de l'y conduire. Il faut qu'à l'instant même, où il se lève contre le despotisme, il s'entoure des ruines de tout ce qui existoit au-dessus de lui : cette célérité peut perdre tout, j'en conviens. Elle est propre à régénérer la Nation par l'enthousiasme, à décider l'opposition sans avilir les ames par des sentimens de haine et de cruauté. En effet on craindra moins de se déclarer dans un instant où le succès sera encore incertain, et où le le poids de la majorité l'emportera sûrement ; et d'une autre part on est plus près de se réconcilier avec l'homme qui nous combat ouvertement, que de pardonner au lâche qui se range sous nos drapeaux dans l'intention de nous trahir dès qu'il le pourra sans péril. Plutôt on aura fait une grande exertion de la force nationale, et plutôt on cessera d'en avoir besoin ; plutôt on pourra s'occuper de cr[illegible] loix, d'affermir la liberté civile et le bonheur des individus, de rallier, à l'aspect de la justice et de la tranquillité, les êtres foibles et irrésolus; plutôt enfin l'on sera à même de fermer le temple redoutable de cette liberté révolutionnaire, qui, semblable à la déesse qu'on adoroit en Taurides, veut souvent voir ses autels arrosés de sang humain.

MUTIUS.

Nous nous sommes insensiblement écartés de l'application de vos maximes à notre République.

BRUTUS.

Il ne doit pas vous être difficile de faire vous-même cette application.

MUTIUS.

Je sens que ces idées sont appropriées à mon caractère. J'ai toujours regrété, après que nous eûmes soulevé l'armée, et que Tarquin eût échoué contre les portes de Rome, fermées à son approche, que le hasard lui ait fait éviter notre rencontre. Le nom du tyran ni celui de sa famille ne serviroit pas aujourd'hui de prétexte à la guerre que les Véïens nous ont déclarée, à celle que nous prépare le roi de Clusium et toute la ligue des Etrusques. Tarquin, traîné captif à Rome, auroit, par son jugement, solemnel vengé les Romains dont il a fait couler le sang, et donné un grand exemple à tous les peuples de l'univers.

BRUTUS.

Mutius, un roi détrôné n'a qu'un moment pour mourir, c'est celui du combat qui décide la Révolution.

MUTIUS.

Je ne le pense point ainsi. En le jugeant on prouve la souverainneté du peuple ; on rend celui-ci irréconciliable avec la royauté, on instruit les Nations voisines à secouer ce respect irréfléchi et, presque, religieux pour des rois, même, oppresseurs.

BRUTUS.

Qu'un roi, contre qui le peuple se soulève, tombe dans le combat, ce n'est qu'un ennemi justement immolé. Mais qu'on le réserve pour le faire périr ensuite, quelques formes que l'on employe, il ne me semble plus qu'un prisonnier de guerre égorgé de sang-froid. Ne parlez point de jugement. Tout jugement supposé des conventions sociales, antérieures et subsistantes entre le juge et l'accusé; et l'effet d'une révolution est au contraire de détruire tout pacte social antérieur, à l'égard du tyran qu'on expulse, de le constituer dans le pur état de guerre. Ajoutez qu'un jugement entraîne des délais, pendant lesquels le besoin de s'assurer de la conservation de l'individu conduit à des rigueurs indispensables, mais qui révoltent l'humanité. Alors la pitié prendroit la place de l'indignation, vous verriez l'intérieur de la ville désuni, les armées trompées par des raports fallacieux, égarées par des suggestions perfides. Ah! croyez-moi : puisque Tarquin n'a pas été immolé aux obsèques de Lucrèce, c'est un grand bonheur pour la République qu'il ne soit pas en notre pouvoir de décider de son sort.

MUTIUS.

Quoi! s'il étoit entre nos mains, vous n'opineriez pas à la mort?

BRUTUS.

Mon père et mon frère massacrés par ses ordres, ... mes enfans conduits par ses séductions au crime et au supplice. . . .

— Junius! m'écriai-je...... non, continua-t-il avec transport, je n'aurai jamais été son juge! l'instant où je l'aurais vu eût terminé sa vie ou la mienne.

Je me montre à vous, reprit il, d'un ton plus calme, avec toute ma foiblesse. Plusieurs ont cru que mon patriotisme n'étoit que férocité, ils n'ont pas lu dans mon ame; c'est Tarquin, ce n'est pas moi qui ai condamné mes enfans. Il falloit que Junius se trouvat dans l'alternative la plus terrible entre son devoir et son bonheur...... mais revenons au sujet qui nous occupe. Vous concevez mal, ce me semble, l'effet que produiroit sur les peuples asservis le jugement d'un roi. Ceux qui seroient prêts à se lever à la même hauteur que nous, n'auroient besoin que de son expulsion. Les autres, loin d'en profiter, sentiroient plus de haine pour vous, plus de vénération pour leurs maîtres. C'est ainsi que l'homme superstitieux, s'il entend blasphémer les divinités qu'il adore, court aussi-tôt se prosterner aux pieds de leurs statues, en redoublant de respect et de ferveur.

MUTIUS.

Tant qu'un spectacle de cette nature ne sera

pas donné à l'univers, les rois ne cesseront pas de se croire supérieurs aux mortels, et inviolables comme les Dieux.

BRUTUS.

Il est plus dangéreux peut-être quand un roi est précipité du trône, de voir en lui un homme; son châtiment ne peut réparer rien, il n'effrayera personne, puisqu'aucun roi ne prévoira se trouver dans la même position. Il ne paroîtra donc qu'une sévérité inutile qui fera prendre à bien des hommes la cause de la liberté en horreur. Félicitons-nous donc de n'avoir point à prononcer sur le sort de Tarquin. Employons le tems à des objets d'une plus haute importance, acquittons nos promesses, ayons enfin une Répubique.

MUTIUS.

Au milieu des agitations inséparables d'une Révolution et d'une guerre qui menace le berceau de la liberté, les Romains n'ont-ils pas assez fait ? La royauté est abolie pour jamais: toute autoritée, autre que celle des loix, est vouée à l'exécration proscrite dans l'assemblée de tous les Citoyens par un serment solemnel: le peuple a élu ses Magistrats, sous nos drapeaux ont volé une foule de Républicains décidés à vaincre ou à périr. L'intérieur de Rome, dans le calme de l'union, se prépare à repousser avec vigueur les tentatives de l'ennemi.

BRUTUS.

Oui, l'on a agi pour la liberté politique, et l'on a rien fait pour la liberté civile; et quand celle-ci n'existe pas, n'est-ce point une ironie amère ou un aveuglement étrange, de vanter l'autre comme un bienfait, puisqu'elle ne peut être que l'instrument conservateur de la liberté civile, consistante uniquement dans la sûreté des personnes et des propriétés.

MUCIUS.

On n'a à se plaindre d'aucun attentat contre ces droits sacrés.

BRUTUS.

Grace au vertueux enthousiasme du peuple. Mais laissez réfroidir cette exaltation qui seule a produit une réunion unanime, et vous risquez de voir l'intérêt des brigands ou l'intérêt des despotes soulever, les uns contre les autres, diverses sections du peuple.

MUTIUS.

Il est tems encore de remédier à ce mal. On peut fixer, par des loix salutaires et inviolables, les droits des personnes et ceux qui résultent de la possession des choses, droits dont jusqu'à présent nous avons eu des idées peu saines et vraiment insociales.

BRUTUS.

On n'auroit fait encore que la moitié de l'ouvrage. Pour que les loix soyent efficaces, il faut que le peuple sente qu'on lui a rendu tout ce qui lui appartient, et respecte dès-lors les droits des individus. Jusque là, il n'existera que dans les convulsions alternatives de l'oppression et de l'anarchie; et toujours dans le malheur.

MUTIUS.

Expliquez-vous, Junius?

BRUTUS.

S'il faut se hâter de rendre une Révolution complette, il faut se hâter bien davantage de la couroner en consolidant les effets par l'éloignement des causes. Prolonger l'exagération des idées, l'anomalie des pouvoirs, c'est prolonger l'incertitude et l'agitation, se mettre dans l'impossibilité de réorganiser et préparer des victimes au despotisme des consuls, les Sénateurs sont trop puissans par les loix actuelles. Le reste des Romains trop puissans hors des loix. Que tout rentre donc, s'il est possible, dans les bornes d'une Constitution plus égale et mieux fondée en principes.

MUTIUS.

Ils se pourroit que l'esprit public ne fut pas aussi pur, aussi élevé que vos conceptions.

BRUTUS.

Je le crains, Mutius, les Sénateurs, les Guerriers qui ont coopéré à la Révolution, semblent n'avoir travaillés que pour eux. Le peuple, imbu des anciennes idées ne sent pas qu'il n'a presque fait que changer de joug, et passer du despotisme paisible et reconnu, d'un seul homme, sous le despotisme agité et révolutionnaire de plusieurs; il n'est point attaché aux loix qui constituent la République, mais seulement au nom de République. Calculez ce qui peut en résulter; l'effet le moins funeste, est un esprit de dissension qui se perpétuera en renverssan le pouvoir établi et ceux dont il émane;

esprit qui d'après le caractère belliqueux des Romains, nous forcera à porter sans cesse chez nos voisins notre inquiétude, à périr dès-lors ou à être conquérans, c'est-à-dire, à ne connoître jamais la justice, la liberté ni le bonheur.

MUTIUS.

Votre amour pour la patrie ne vous exagere-t-il pas ses dangers?

BRUTUS.

Je vois qu'on n'a rien donné de réel au peuple il n'a pas la pensée de demander ce qui lui importe le plus; et je ne vois personne avoir cette pensée pour lui. Les circonstances peuvent exécuter le retard des progès de l'esprit public, mais non la direction fausse qu'il paroît suivre chaque jour de plus en plus, il est, peut être, trop tard pout y porter remède; mais une seconde révolution n'est point impossible. Quoiqu'il en soit, Mutius, souvenez-vous dans l'occasion, qu'une Révolution ne peut être ni trop vaste, ni trop complette, ni en même tems trop soudaine pour ramener le peuple à l'obéissance, à la loi, il faut, après l'en avoir écarté le moins possible, il faut assurer sur le champ les droits qui lui conviennent, c'est à dire, la Souveraineté illimitée de tous, la soumission indéfinie de chacun. Il faut frapper indistinctement tout ce qui s'oppose à cette souveraineté, aux actes qui en sont émanés, aux droits qu'elle a garentis : n'accorder rien aux passions individuelles quelques justes ou excusables qu'elles paroissent. Cela ne se feroit qu'au détriment des droits de de tous ; car les passions sont toujours prêtes à acheter l'extention d'un droit qui leur semble désirable, par le sacrifice d'un autres dont elles sentent moins l'importance et dont la cession deviendra, par la suite, le germe de nouveaux troubles : ou bien on les verra se prévaloir d'une tolérance légitime et restrainte, pour extorquer bientôt une autorisation coupable et sans bornes.

MUCIUS.

Un homme tel que Junius, m'écriai-je, qui au génie créateur joint le talent de l'exécution, peut opérer ce qu'il me prescrit de faire.

BRUTUS.

Mutius, ce que j'ai fait jusqu'ici, ne me laisse plus qu'une place c'est celle que j'occupe et encore ne m'est-il pas permis, peut-être, de la conserver long-tems. Les Romains m'ont élevé par reconnoissance et par confiance ; l'une ne peut vivre avec la liberté ; l'autre s'altère par le tems seul, et en proportion du point où on l'a d'abord portée. Si j'entreprenois les grandes mesures dont je sens la nécessité, on m'accuseroit bientôt de vouloir être le seul libre dans Rome. Mon nom feroit un parti ; l'on agiroit par esprit de faction et non par amour de la République. J'ai assez vécu, Mutius, peut-être, même trop, puisque j'ai été père, je me tiendrai inébranlable à mon poste sans chercher ni fuir la mort ; et quoiqu'il arrive mes derniers vœux seront pour Rome, pour qu'elle voie détourner de son sein les maux dont je la crois menacée.

ERRATA.

Pag.	Ligne.	Faute.	Correction.
3		au Titre et dans tout l'entretient, Mutius	Mucius.
6	12	de vos braves	de nos braves.
7	3	conjurés *ajoutez*	un point après.
8	10	ont été acheté	ou achete.
11	3	à l'administration	à l'admiration.
id.	20	puis-je laisser	puissé-je laisser.
12	15	d'un seul homme	du seul homme.
13	17	ces abus	les abus.
15	8	ce langage là,	ce langage, uniquement.
16	3	pusillanimité *ajoutez*	universelle, soit d'un sentiment d'humanité.
16 l. 28. p. 17 l. 1		jamais	Junius.
17	12	je le ferai encore	je le ferais encore.
20	10	dans une	chez une
id.	13	dans une nation	chez une nation
21	13	j'en conviens. Elle est propres	j'en conviens. Mais elle est propre.
22	7	en Taurides	en Tauride.
23	23	ne me semble plus	ne semble plus.
24	26	au suplice... *ajoutez*	je serois partial....
25	3	je n'aurai jamais	je n'aurais jamais.
id.	16	prêts à se lever	prêts à s'élever.
26	12	nous donc de	nous de.
id.	23	à l'exécration *ajoutez*	une virgule après.
27	23	les uns contre les	les unes contre les.
29	3	despotisme des	despotisme. Les.
id.	24 et 25	en renversant le	entre le
30	15	peuvent exécuter le	peuvent excuser le.
id.	17	plus en plus, *ajoutez*	un point après.
id.	23	trop soudaine *ajoutez*	un point après.
31	17	Mucius.	il faut retrancher ce mot.

La précipitation de l'impression a entraîné plusieurs autres fautes, sur-tout dans la ponctuation. Le lecteur est prié d'y suppléer lui-même.

achevé d'imprimer le 29 xbre 1792.

www.ingramcontent.com/pod-product-compliance
Ingram Content Group UK Ltd.
Pitfield, Milton Keynes, MK11 3LW, UK
UKHW021210230726
13926UKWH00001B/431